KB080572

창비시선 117

유용주 시집

가장 가벼운 짐

창비

차   례

제 3 부

제 4 부

제 5 부

제 6 부

제 1 부

만수산에 드렁칡들이
붉고 푸른 못
태양은 묘지 위에 붉게 떠오르고
뒷간, 혹은 사면초가
重症患者
지옥에서 한 철
모든 물고기들은 물에 뿌리를 두고 있다
긴 하루 지나고
화톳불
아내에게

만수산에 드렁칡들이

독야청청 소나무 너무 춥고 외로워
막 졸음이 쏟아지는데

저 저년 좀 보게
솜털 보송보송 구여워
아무 땅에나 놀게 내버려두었더니
언제 저렇게 속살이 올랐는고
옴팡진 젖가슴에 흐벅진 엉덩이 살로
척척 감아 올라오는구나
휘돌아 숨통을 턱턱 죄는구나

꽃이 핀다고 다 봄날은 아닐진대
잎이 푸르다고 다 나무가 아닐진대
이 이년아 냉큼 치마 내리지 못할꼬
내 비록 풍찬노숙 세월 만나
몸과 마음 죄 쭈그렁바가지 되었지만
관솔 옹이 정신 늘 살아 있으되

고얀 것 같으니라고
당장 물러가지 못할까

내 기어코 저년
물고를 내고야 말리라

붉고 푸른 못

나무는
땅에 박힌 가장 튼튼한 못,
스스로 뿌리내려
죽을 때까지 떠나지 않는다
만신창이의 흙은
안으로 부드럽게 상처를 다스린다

별은
하늘에 박힌 가장 아름다운 못,
뿌리도 없는 것이
몇 억 광년 동안 빛의 눈물을 뿌려댄다
빛의 가장 예민한 힘으로 하느님은
끊임없이 지구를 돌린다

나는
그대에게 박힌 가장 위험스런 못,
튼튼하게 뿌리내리지도

아름답게 반짝이지도 못해
붉고 푸르게 녹슬고 있다

소독할 생각도
파상풍 예방접종도 받지 않은 그대, 의
붉고 푸른 못

태양은 묘지 위에 붉게 떠오르고

치운 겨울 아침, 잠 깨어보니
약간 큰 무덤에 누워 있구나
무덤은 무덤인데 무슨 시장 좌판이라고
저렇게 잡다한 것이 많은지
저 멍청한 장롱부터 들어내고
죽은 사람이 먹으면 뭘해
밥통과 밥상을 들어내고
푸릇 문학 청년이었나
사방 책과 책장도 들어내고
결혼 기념 사진도 들어내고
화장대 거울도 들어내고
편지함과 원고 나부랭이도 들어내고
냉장고 텔레비전 오디오도 들어내고
카세트 라디오 전자렌지도 들어내고
옷걸이와 화분과 쓰레기통도 들어내고
무엇보다 저 시건방진 시계도 들어내고
아무 죄가 없는 아내와 딸 아이는 거듭 빨리 들어내고

혼자 누워 있으니 이 무덤도
참 아늑하구나 견딜 만하구나
그런데 이 놈의 구들장이 왜 이리 차갑지
투덜대며 무덤을 나온 그 사내,
빠르게 번개탄 사러 나갔다

뒷간, 혹은 사면초가

(어둠 속에 오래 앉아 있다 보면
어둠 또한 익숙해지는구나
삶이란 엉뚱한 것들이 옛 친구처럼 스스럼없어지는
것 아닐까
무덤까지 이렇게 익숙해질 수 있다면)

제발 짖지 말아다오 개새끼들아!
잘못 살아왔다는 것을 인정하마
소박한 꿈밖엔 아무것도 가진 게 없는
내 삶 앞에
이렇게 온 힘을 다해 낑낑거려도
끝내 털어버릴 수 없는 더럽고 치사한
욕망, 개 같은……

땀은 흘러내리지요
모기 물던 자리는 가렵지요
오금은 저려오지요

코 막고 입으로 숨을 쉬며

제발! 저리 가서 짖지 못해!

重症患者

내 몸 속엔 얼마나 뜨거운 불길이 있길래
이렇게 바짝바짝 타는 것일까
온몸이 쩍쩍 갈라 터지는 것일까
몸의 불이 들끓으면 서늘한 마음의 물이 식혀주고
마음의 물 너무 차가워 넘실대면
뜨거운 몸의 불로 알맞게 뎁혀주는
컴퓨터가 내장된 자동제어 장치는 없는가

물 속의 불기둥 맹렬하게 솟구치고
불 속의 물이랑 대책없이 범람하고
상승하강상승하강……

불기둥이여
물이랑이여
내가 덮은 봄이불이 너무 무겁구나

지옥에서 한 철

이상기에게

때론 하찮은 열정이
삶을 이끌어나간다네
어젠가 그젠가 노래방에 가서
새벽 두시까지 악을 썼다네
화장실에서 들었는데 각 방에서 부르는 노랫소리가
지옥에서 몸부림치는 귀신들의 울음소리로 들렸어

사는 것이 곧 지옥이야
(누가 그랬더라 정들면 지옥이라고)
지옥 한 귀퉁이 사글세 들어 라면을 끓이는 사람아
소주는 충분히 받아놓았는가

내 그리 곧 가겠네
밤새워 한번 취해보세나

모든 물고기들은 물에
뿌리를 두고 있다

당신은 민물고기를 잡아본 적이 있는가
민물고기를 만져본 적이 있는가
민물고기가 숨쉬는 것을 바라본 적이 있는가
민물고기의 지느러미를 만져본 적이 있는가
민물고기의 알이 밴 배를 쓰다듬어본 적이 있는가
민물고기의 배를 가르고 내장을 꺼내본 적이 있는가
민물고기를 산 채로 목을 자르고 회를 떠본 적이 있
는가
초고추장을 듬뿍 찍어 소주와 함께 맛나게 먹어본
적이 있는가
된장과 미나리 들깻잎 풋고추 감자 마늘 생강 온갖
양념을 넣고
매운탕이나 어죽을 끓여 먹어본 적이 있는가?
콧등에 땀이 오소슴 날 정도로 맛나게 먹어본 적이
있는가
잡쉬본 적이 있는가 처먹은 적이 있는가
아아! 작은 물고기들의 눈을 똑바로 쳐다본 적이

있는가
　헐떡이는 아가미를 바라본 적이 있는가
　작은 물고기들이 얼마나 억센 뼈를 가지고 있는지
　억센 가시는 당신들의 입천장과 식도와 위와 내장과
항문을
　사정없이 찌를 것이다 쑤셔댈 것이다
　피를 낼 것이다
　작은 물고기들이 저마다 강한 뼈를 지니고 있는 것은
　물에 뿌리를 내리고 있기 때문이다
　물살을 거슬러 올라가는
　강한 힘을 가지고 있기 때문이다
　거스르는 아름다운 힘 !
　마지막까지 포기하지 않는 물고기만이
　가장 깨끗한 상류에 다다를 수 있다

긴 하루 지나고

저녁 어스름 산을 내려오다 보면
화사하게 날아오르려던 지상의 나무들
모두 날개 접고 집으로 돌아간다

팔뚝에 힘줄 불끈불끈 푸르렀던 시절
바람을 향해
뜬구름을 향해
먼 하늘을 향해
무수하게 헛손질만 해대더니

더는 속을 수 없다는 듯
흙 속으로 스며드는구나
발을 뻗어
잔돌과 굼벵이의 몸을 다독거리는구나

낯선 땅 속에서도 싱싱하게 뿌리를 키워
허벅지에 피멍이 드는 줄도 모르고

무릎이 까지는 줄도 모르고
발바닥이 다 닳는 줄도 모르면서
어둠을 지탱하고 있구나
밤을 견뎌내고 있구나

어스름 저녁 산을 내려오다 보면
묵묵히 이 땅을 지키는 千世不變의
환한, 나무들

화 톳 불

　나무의 향기는 나무의 피 냄새다 나무는 왜 죽어서
도 불이 되려 할까 어째서 나무는 여름부터 봄까지 불
을 피우려 하는 것일까 무엇이 한사코 재가 되면서도
불을 피우게 하는 것일까 불을 만들기 위해 나무는 더
욱더 단단하고 견고하게 물을 감싸고 돈다 나무는 물
의 자식, 불의 어머니 —— 물로 만들어진 불의 함성을
들으면서, 나는 재로 허물어질 사람들을 생각한다 재
속에 감추어진 한줌 불을 지키기 위해 추운 겨울에도
나무를 키우는 사람들을 생각한다 겨울을 지키는, 얼
음을 감싸는 나무들을 생각한다 가슴속 옹이로 남은
상처를 해체 이후의 옹벽처럼 눈부시게 다스리는 사람
들, 몸에서 나는 가장 숭고한 향기 땀과 피를 온 세상
에 피워올리는 낮은 사람들을 생각한다

　나무는 죽으면서도 따뜻한 피의 향기를 남긴다

아내에게

90mm 못 하나가
무게 1톤을 감당한다고 하는데
75kg 내 한 몸이 지탱하는
생의 하중은 얼마나 될까
얼마나 무겁게 이끌고 왔는지
하찮은 내 무게에 늘 삐그덕 삐그덕댔지
타이어가 뭉개지도록 가득 실은 모래와 자갈,
그 위에 시멘트를 얹고
길은 어둡고 날은 사납다
………
오오 아내여
뒤를 미는 아내여 !

제 2 부

당신은 상추쌈을 무척 좋아하나요

보약을 먹어도 시원찮을 여름,
나무와 시멘트의 온갖 잡동사니 먼지에
땀쌈장을 만들어
볼이 터지도록 눈을 뒤집어 까며
시어머니, 삶이라는 시어머니 앞에서
훌러덩 치마 깔고 퍼질러 앉아
불경스럽게 불경스럽게……

언젠가
내 너의 머리카락을 죄 쥐어뜯고 말리라

투명한 땀

주체할 수 없구나
걸레는 빨아도 걸레라는데
누가 나를 쥐어짜는가
서늘한 이마에서 태어나
밤새 들어간 눈과 눈물을 거쳐
넓은 콧구멍 콧물과 섞여
아프리카, 아프리카 입술을 잘라내
목구멍이 웬수지 목줄을 아슬아슬 타고 내려와
적은 빗물에도 자주 방천이 나는 가슴 둑을 지나
거친 삼각주까지 쉽게 범람하고 마는구나
누가 나를 이렇게 쥐어짜는가
한없이 지루하고 먼 사막 한가운데
눈부시게 피어나는 소금기둥 하나
나의 무대
땀의 현장

목 수

좋은 목수는
못의 크기와 나무의 각도에 따라
가장 힘 받을 부분에 정확한 조준으로
못을 박는다
못은 박을 때보다 잘못 박아
뺄 때가 훨씬 힘이 든다
한번 구부러진 못은 다시 휘어지기 쉽고
펴서 다시 박는다 해도 부러져
다시 쓰기가 어렵다
진짜 목수는 단 일격에 나무의 급소를 강타해
다시는 금가지 않을 옹벽을 구축한다
굳센 사랑의 기둥을 세운다
목수는 물에도 못을 박을 수 있을까
나무의 살과 뼈,
향기까지 맡아볼 수 있을까
혈관 속에 흐르는 피냄새까지
정확하게 찌를 수 있을까

세상 모나고 거칠고 딱딱한 곳엔
늘 크고 단단한 못이 필요하다
좋은 목수는 그것들을 순하게 길들여
수평과 수직을 긋는다
수평과 수직이 만나는 화평의 마을에
한 채의 든든한 사랑의 집을 짓는다

집

나무 한 그루의 아픔과
벽돌 한 장의 고통이 모여
힘이 됩니다
시멘트와 모래 자갈들의 상처가 모여
주춧돌이 되고 기둥이 됩니다
불과 물과 땀의 분노와 절망이 모여
튼튼한 옹벽을 구축합니다
목수와 철근, 미장과 설비와 전공들의
피와 뼈가 조화를 이루어
마침내 한 채의 집을 완성합니다
오오, 연탄 보일러의 따뜻함이여!
문풍지 사이로 마구 몰려오는 북풍한설이여!

서호냉동창고 현장에서

어머니
오늘 하루도 나무토막 같은 몸 일으켜
작업을 했습니다
이 투박하고 거칠은 몸도
땀과 눈물로 반죽을 하면
어머니 처녀시절 젖가슴처럼
다시 태어날 수 있을까요
이제 못박는 일에도 이력이 붙어
생손 때려 피 흘리는 일은 없어졌지만
살아 평생 얼마나 많은 못을
어머니 가슴에 박았는지요
빼고 싶어도 뺄 수 없을 만큼
내 가슴 깊이 박혀버린
피멍든 어머니, 어머니……

거푸집을 구축하면서

힘은 유격이 있을 때에 아름답다
바짝 조여진 철삿줄을 바라보면
너무나 팽팽히 끌어당겨 끊어져버린
요절 시인의 집중된 삶이 떠오른다
튼튼한 삶의 옹벽을 구축하기 위하여
시간의 줄을 힘껏 조이는 것은 좋지만
유격이 없는 철삿줄은
작은 콘크리트의 압력에도 금방 끊어지고 만다
극한에 다다른 철사의 힘은
눈처럼 위태롭다
곧 터져버릴 것 같다
힘껏 조인 삶의 철삿줄에
약간의 유격을 주자
한 많은 상처의 힘에
반 바퀴 정도의 여유를 허락하자
긴장과 탄력으로 탱탱해진 시간의 힘줄 위에
잠깐동안 숨돌릴 여백을 마련해보자

담배 한 개비의 참시간을 제공해주자
힘은 유격이 있을 때에 더욱 아름답다

서산의료원 증축공사장에서

조립식 건물 지붕 위에서 저 혼자 끓고 있는 햇빛,

봄새는 죄 울고
봄꽃은 죄 피고
김칫국처럼 흐르는 이마의 땀

....
....
....
....

저놈의 해는 머슴살이도 해보지 않았나
저놈의 해는 술 처먹을 줄도 모르나
쓰러질 줄을 모르는구나

눈이 부시게 푸르른 날

토요일 오후,

개가죽 타는 냄새 천지를 뒤덮습니다 오늘도 못대가
리가 보이지 않을 때까지 못을 박고 나서야 하루가 끝
났습니다 뼛심이 들어가지 않은 것은 모두가 사기라는
것을 압니다만, 눈이 부시게 푸르른 여름 뙤약볕 아래
에서, 던져버리고 싶었던, 그러나 놓쳐서는 아니될,
삶의 빈 판넬을 연결하며 흘렸던 닭똥 같은 땀방울들,
그것들은 지금 이 시각 어디로 흘러가고 있는지요 땀
많이 흘린 사람이 더 일찍 추워지는 세상에서 생살 박
아 피멍든 몸으로만 열리는 이 길, 이 길이 바로 당신
이 말한 해탈 득도 열반에 이르는 길입니까 대안이 없
는 넋두리라고 팔아 넘길 겁니까 여름이 오면 개고기
로 배를 채워 얼굴 가득 개기름으로 목욕을 하는 눈이
부시게 푸르른

못

못은 연결을 위한 직행노선이다
아무리 뛰어난 대목이라 할지라도
물에는 못을 박을 수 없다
물은 연결 그 자체이기에
비에도 못박을 수 없다
구름 별 바람에게도 못박을 수 없다
못은 그대 눈길과
내 시선이 닿을 수 있는 유효거리에서 출발한다
못은 그대 향한
집중파탄이다
단절과 단절 화해시키는 불가슴이다
격정의 피, 단독투신이다
못은 연결 위한 직통노선이다
그대 시선 너무나 까마득해
불가슴으로 다가갈 수 없을 때에도
목수들 망치 놓지 않는다
못주머니 풀지 않는다

못은 상처를 위한 가장 뚜렷한 파탄,
좋은 목수들 끈질기게 못질 계속한다
그리하여 못은 파탄을 두려워하지 않고
가까이 가려 하는 것에만 전력투신한다
모든 사랑은,
빛나는 상처의 못박힘들이다

가장 가벼운 짐

잠 속에서도 시 쓰는 일보다
등짐 지는 모습이 더 많아
밤새 꿈이 끙끙 앓는다
어제는 의료원 영안실에서 세 구의 시제가
통곡 속에 실려 나갔고
산부인과에선 다섯 명의 아기가
태어났다
햇발 많이 받고 잎이 넓어지는 만큼
생의 그늘은 깊어만 가는데
일생 동안 목수들이 져 나른 목재는,
삶의 무게는 얼마나 될까
겨우 자기 키만한 나무를 짊어지는 것으로
그들의 노동은 싱겁게 끝나고 만다
숨이 끊어진 뒤에도 관을 짊어지고 가는 목수들,
어깨가 약간 뒤틀어진 사람들

시 멘 트

부드러운 것이 강하다
자신이 가루가 될 때까지 철저하게
부서져본 사람만이 그것을 안다

개미한테 한 수 배움

요즈음 주유소를 많이 지어
땡볕에 일하기가 얼마나 어려운지
도롯가엔 그늘이 없어
근처 야산에 올라 점심시간을 쉬고 있는데
잠이 마악 밀려오는 거 있지
흙이나 풀이나 나무처럼 나지막하게 누워
한참 단잠을 즐기고 있는데
내 목덜미를 막 때리는 사람이 있어
깜짝 놀라 일어나 보니
개미일세
어서 일어나 일하라고
더 자면 빌어먹는다고
사정없이 내 게으름을 물어뜯는 거 있지
개미 아저씨들은 내가 얼마나 땀흘려
일하고 있는지 모르는 것 같아
아님 일하면서 엉뚱한 생각을 하는
내 속마음을 꿰뚫어보고 있는 것은 아닌지

자 그럼 코끝이 노릇노릇하게 한 대 피워 물고
두들겨보세나
큰 망치 비껴들고
못주머니 당당히 차고……

막노동을 하고 싶다는 후배에게

일을 한다는 것은
쉽게 이야기하면 품을 판다는 것인데
우스운 것은 품보다 포옴을 파는 사람이 많다는 사
실이야
정당하게 품을 팔아야 바른 삶을 일구어나갈 것인데
폼부터 먼저 팔려고 드니 한심한 일 아닌가
먼저 정직하게 품을 팔 것
품파는 데 자신없는 사람이
포옴을 먼저 팔려고 든다는 것을 명심하게
땀냄새가 얼마나 구수한 줄 아나
그 냄새를 진짜 맡을 때까지
치열하게 자신을 밀어붙일 것 !
건투를 비네

가장 큰 목수

예수 그리스도는
스스로 못박힘으로 세계에서
가장 큰 목수가 되었다
그도 처음 목수 일을 배울 때에는
무수하게 자신의 손가락을 내리쳤으리라
으깨어진 손가락을 장갑으로 감추우고
20년 가까이 세상 공사판을 떠돌아다닌
우리 主 容珠 그리스도
지금 그의 일당은 사만 오천원이다
하루 한 편,
온몸으로 시를 쓰는

목수는 흔적을 남기지 않는다

(집을 짓다 보면
나무는 뼈로 한세상을 더 산다
그 푸르렀던 시절,
살과 피로 온 세상 바람을 다 맞아들였던 나무,
몇 십년 혹은 몇 백년을 뼈 하나로 버틴다)

몸이 바로 서려면
뼈가 튼튼해야 하는 것처럼
한 건물을 떠받치는 힘은
철근의 뼈와 콘크리트의 살이 조화된
굳건한 저항력이리라

목수는 쉴새없이 집을 짓지만
짓는 것에 구속당하지 않는다
연장 가방만 챙기면 어디든 떠날 수 있다
좋은 목수는
짓고 난 뒤 깨끗하게 해체시키는

마음을 늘 가지고 있어야 하리라

다 짓고 난 건물을 쳐다보아라
목수의 흔적은 거의 없다
뼈를 감싸고 도는 살의
강건한 근육만 무겁게 빛날 뿐,
좋은 목수는 흔적을 남기지 않는다
커다란 나무의 여백만이 홀로 남아
쓸쓸한 바람을 부풀리고 있을 뿐

스승 김인권

나른한

아득한 봄날

우리는 양지바른 곳을 골라 그를 심었다

언젠가 우리가 1층이나 2층 슬라브에서

아님 고층아파트 옥탑 아슬아슬

생의 곡예를

땀의 묘기를 보여주고 있을 때

그 다시 진달래로

그 다시 개나리로

그 다시 민들레로

피어나길 간절히 바라면서

뜨뜻미지근 우리들 일그러진 막노동 생애를

소주처럼 털어 넣었다

그는 우리들에게 못박는 법을 알려주었지

거푸집을 구축하는 법

철삿줄을 알맞게 조이는 법

수평과 수직을 정확하게 보는 법

해체작업을 쉽게 하는 법
무엇보다 사람 좋아하고 사랑하는 법
평생을 막노동판에서 일하다 결국
그 무대에서 쓰러진 행복 불행한 사람,
나른한
아득한 봄날
추운 겨울 파카 속 우는 듯한 사진을
우리들의 마음 깊이 다시 한번 비벼 넣으며
해미 홍천리 고향 뒷산에
다독다독 그를 심었다
해마다 씀바귀로
해마다 냉이 달래
해마다 다북쑥으로
다시 돋아나라고
그의 딱딱한 흙가슴을 열고
맑은 소주 한 잔을
고루고루 뿌려주었다

제 3 부

깊은 골짜기

사람이란 흙에 가까운 건물이어서
감가상각이 느리다
스스로 땀흘려 주름살을 경작한다
시간을 깊이 가는 것이다
그러나 얼마나 허무한 쟁기질이랴
밭을 다 갈기도 전에
대부분 쓰러진다
누가, 어떤 바람이
다시는 치유할 수 없는 고랑을 만들어주었나
너무나 깊은,
차마 그림자도 얼씬거리지 못한 시간의 밭고랑에서
그들은 쓰러진다
씨 뿌리고 김 매고 낟알 다 거두기도 전에
겨울은 늘 그렇게 다가오기 마련,
시간은 저승사자를 데리고 다니며
추수를 한다
추수가 끝난 텅 빈 들판에서

주인 잃은 쟁기 하나,
온몸으로 흙을 지키고 있다
뼈까지 다 뜯겨 빼앗긴 허수아비처럼
감가상각이 너무나 빠른 사람들,
우리 힘없는 흙의 터줏대감들

그 무덤가엔

내리면서 녹는 눈이 내릴 것이고
사선으로 내리다가
바람에 쓸려 언덕 너머로 사라지는 눈도 내릴 것이고
그 무덤가엔 얼마나 추울까 맨머리 빵모자 씌워주듯
솜이불 함박눈도 내릴 것이고
가을이 되면 쓸쓸한 가랑잎이 시절처럼 쌓일 것이고
여름이면 산사태로 팔꿈치가 까진 돌이 보일 것이고
봄엔 발정난 들쥐들이 흙을 파헤칠 것이고
살찐 벌레들이 흰 알몸뚱이를 드러낼 것이고
그 무덤가엔 산토끼가 똥을 쌀 것이고
다람쥐도 내려와 앞발 비비며 먹을 것을 찾을 것이고
그 무덤가엔 단비떼가 놀러와 비단털을 다듬을 것이고
낮잠자던 노루가 갑자기 놀라 달아날 것이고
작은 멧새들이 때없이 조잘댈 것이고
그 무덤가엔 뽕나무가 뿌리까지 썩을 것이고
버섯이 피었다가 스러질 것이고
개망초 민들레 제비꽃 들이 소름 돋아나듯 얼굴을

내밀 것이고

　그 무덤에선 장산이 보이고 수렁골이 보이고 북치재
가 보이고

　고동을 줍는 쑥을 캐는 여자들의 흑갈색 머릿단이
보일 것이고

　그 무덤 아래로 관광객을 가득 싣고 춤을 추며

　사태모랭이를 돌아 공동묘지를 지나 쌍정지를 가로
질러 과수원을 휘돌아

　새내로 빠지는 버스들이 보일 것이고

　그 무덤가엔 농약 먹고 목매달은 관옥이 아버지

　관옥이 부르는 소리도 들릴 것이고

　그 무덤가엔 일찍이 고향을 떠난 뒤

　재빠르게 고향을 버린 자식 하나가

　플라스틱 컵에 막소주를 부어놓고

　미친놈처럼 웃었다 울었다 할 것이고

　그 무덤가엔 구천에서 떠돌던 둘째놈과 지어미의

　원혼이 가끔씩 쉬었다 갈 것이고

잘 익은 햇발과 가벼운 구름들이 농담처럼 지나갈
것이고

드디어 그 무덤가에 몇 백 년 동안 비바람이 스치고
지나간 뒤

사는 동안, 그 무덤 주인공이 막무가내로 휘두른 술
과 폭력과 광기의 시간들이

(사아고옹에에 배에엣노오래 가아무울 거어리이고오
사마악도오오 파아도오기피이 스며어드느은데에)

마침내 고개 숙이고 꿇어앉아 반듯이 누워

이 세상 흙이 되고 물이 되고 뿌리가 될 것이다

거짓말처럼 부드러운 그 무덤가엔

세배 가는 길

차가 수유리에 접어들자
화계사 계곡물 흐르는 소리 낭랑하게 들립니다
사람이 다니지 않으면
길은 곧 지워지고 뼈만 남겠지요
오랫동안 걸어본 사람만이
길의 정체를 알고 무릎 또한 튼튼하리라 믿습니다
당신을 만나러 가는 투명 겨울길,
살얼음 복병의 눈매로 반짝입니다
사람이 흙을 닮으면
뼈는 나무로 남는가 봅니다
꿈결처럼 웃으시며
비수를 꺼내시는 당신,

강

　보이지 않는 곳에서 눈물 흘립니다 모든 것 다아 받아들여 안으로 삭히고 있습니다 말없이 고개를 끄덕입니다 어느 것 하나 뿌리치지 못한 깊고 잔잔한 눈매입니다 몇년째 차도 없이 입원해 있는 셋째아들 사팔뜨기 순심이 배다른 돌멩이들과 이름 모를 들꽃 한무리까지 모두 한가슴에 품고 있습니다 아직 눈도 덜 뜬 어린 비 강아지들 성급하게 내려와 떨고 있던 첫눈 새끼들 맨살 드러낸 찰흙 덩어리 가랑잎 같은 사람의 집들 모두모두 잠이 듭니다 문득 그가 선잠을 깨고 이불 한번 끌어다 덮어줄 때 하늘에 별떨기 곱게 떠오릅니다 주름살 골짜기마다 얼음살 꽝꽝 달라붙고 눈꽃처럼 새치 늘어날 때 그저 막막하게 차오르는 안개 알맹이 속에서도 않는 물고기들 몇번 몸을 뒤척입니다 등 구부러진 늦은 저녁의 귀갓길을 지키는 이 땅의 푸른 나무들, 불쑥불쑥 힘이 솟고 무거운 곱돌 덩어리 탄력받아 흔들립니다 어느 것 하나 마다않고 바다 쪽으로 아프게 아프게 흘러가는 어머니 우리 어머니──

따뜻한 남태평양의 고기압 편대가 무더기로 북상중
입니다

플라타너스 편지

B급 태풍이 동지나해로 빠져나간 뒤
푸른 정맥의 잎사귀들
물마루처럼 출렁거렸습니다
방천난 내 삶의 논둑 위에
키 큰 한 그루 든든한 나무로 서 계신 당신,
사랑을 얻으면
병도 덤으로 오는 겁니까
저문 들판에 나아가
낮게 고개 숙인 강물을 바라보며
깊은 그늘의 여름과 작은 풀꽃들의 이마 위에
텅 비어 오히려 탱탱해진 가을의 침묵 속에
내 맑은 울음소리 울울울 풀어놓기도 했습니다
솟아나오는 땀방울을 어찌할 수 없듯이
삐져나오는 눈물방울 막을 수가 없듯이
우리 산맥 같은 사랑 그 누가 막겠습니까
그대를 선택한 이 뚜렷한 사랑이
파탄을 향한, 상처를 향한 직통노선이라 하더라도

당신을 향한 발걸음 돌이킬 수 없습니다
귀뚜라미 소리 점점 깊어갑니다
그대에게 가는 내 발자국 소리도
새벽까지 깊어갑니다

野　　史

　　이성복, 황지우와 함께 1980년대 우리 시단을 휩쓸고, 90년대 젊은 후배들에게까지 막강한 영향력(?)을 행사하고 있는 명창 박남철 옹은, 나하고 무슨 섭섭한 감정이 있는지 우연히 만난 술자리에서 무소선 노래를 부르라고 한다 단지 후배라는 이유 하나만으로 내 아구통을 사정없이 돌려댄다

　　내가 무엇을 잘못해서 이렇게 (제 곡조를 못 이겨) 얻어맞아야 하는지 잘 모르고, 또한 내가 마음먹고 부른다면 죽을지도 모르겠다는 생각에 그것보다는, 절창인, 옹의 뛰어나게 아름슬픈, 시 「겨울강」을 떠올리며 알맞게 한곡 뽑았더니 며칠째 전화가 온다 이빨이 네 개나 흔들린다고 치료비를 물어내라고……

어린이들을 위하여

옛날 하고도 아주 먼 옛날 욕쟁이 한 분이 계셨는데, 자식들을 어디론가 다 떠나 보내고 홀로 외롭게 살아온 분이셨어 아 그런데 어느날 밤, 양송이 같은 할머니 집에 불이 났단 말이야 일 났지 큰 일! 깜짝 놀란 동네 사람들이 모두 달려가 물을 끼얹고 불을 껐는데 뒤늦게 방에서 나온 할머니,

"어이구 이 호랭이 물어갈 놈의 시상 하늘에 별이 총총헌디 웬눔에 비가 이리도 쏟아진다냐."

우리 동네에 처음 전기가 들어왔을 때 일이야 창주 할아버지께서 동동주 두 잔을 자시고 한숨 푸욱 주무셨거든 한밤중에 깨어보니 담배 생각이 굴뚝같단 말씀이야 곰방대에 엽초를 눌러 담아 아글씨 삼십 촉 전구에다 대고 뻐끔, 뻐끔, 뻑뻑끔……

1965년 겨울, 다리골

아부지, 또 주막에 갔나보다
헛청에는 삭다리가 없었다
산초나무 땡감나무 찔레나무 덩쿨,
물거리가 몇 짐 쌓여 있었다
좀처럼 붙지 않는 군불을 피우기 위해
눈물 콧물 범벅된 누님 앞에서
생나무들 타면서도 픽픽 식은땀 흘렸다
쿨럭쿨럭 누님의 기침소리 들으며 우리는
고구마나 깎아 먹으면서
생무시나 깎아 먹으면서
돌아가며 방귀대회를 열었다
방귀 뀔 때마다 문풍지가 떨렸다
헛청에 걸린 시래기 다발 가늘게 흔들렸다
얕은 지붕, 흙담이 흐느꼈다
금간 벽 틈으로
맑은 핏줄 싸리나무 뿌리와
얼어 죽은 산토끼 붉은 눈이 보였다

그 해 겨울,

대신직물에 취직한 어머이, 편지 한장 없었고

눈은 허벅지 가슴 목 위까지

내려 쌓였다

간혹 바람소리에 묻혀

주막집 장작 타는 냄새 몰려왔다

늦도록 아부지, 돌아오지 않았다

한때 唐詩를 읽은 적이 있다

나른한 오후였다
술에 취해 잠든 노인네를
슬슬 흔들어보았다
그 부분을 사알살 건드렸다
발바닥 긁어보듯
부드럽게
오랫동안 문질러댔다
전신 맛사지 걸처럼
서서히 부풀어올라 노인네
반반한 구름 끼고 어디론가 사라지고
나는 끈도 없는 물에 빠진다
허우적대다가
허우적대다가

텃밭에는

자그마한, 어린 상추들이 모여 살았다
쪽파가 있었다
배추와 열무의 뿌리가 깊었다
노란 장다리꽃이 해마다 피었다
토란도 한껏 큰 그늘을 만들었다
정구지도 바람에 쉽게 허리를 굽혔다
애호박이 웃었다
풋고추가 약이 바짝 올랐다
꾸부러진 가지, 오이가 목매달아 숨이 가빴다

어머니 갈퀴손이 호미를 잡았다
아버지 칡뿌리손이 몽둥이와 지게작대기를 잡았다
부황꽃 버짐꽃 작은형이 떨어졌다
큰 뱀이 칭칭 말아 올렸다 누나의 작은 몸을
온 하늘이 누우런 피고름 시간이었다

그 모든 것을 지켜보는
까아만 눈이 자라고 있었다

제 4 부

대전역 앞 경호제과

1

맞았다
이유없이 그는
코피가 터졌고
코뼈가 주저앉았고
코가 비뚤어졌다

맞았다 그는
빵 반죽을 잘 한다고
가마를 기가 막히게 본다고
도너츠를 노릇노릇하게 잘 튀긴다고
생과자를 기술자보다 더 잘 싼다고
그는 맞았다
고막이 터지고
양 볼이 부어올라
밥알을 씹을 수 없도록

그는 맞았다

맞았다 그는
보따리라고 맞았고
하와이라고 맞았고
따블빽이라고 맞았고
니쿠사쿠라고 맞았고
라도시계라고 맞았고
깽깽이라고 맞았다

그는 아무것도 몰랐다
이유없이 얻어터졌다

바쁜 날은 하루 두 시간씩 자면서
생과자부가 바쁘면 생과자부로
도너츠부가 바쁘면 도너츠부로
빵부에서 부르면 빵부로 달려가

빛 고운 빵을 만들어냈지만
밥처럼 얻어터지면서 그는 자랐다

상류부터 까맣게 흘러온
그때 그의 나이 열다섯이었다

                2

밤이 무서웠다
날마다 맞지 않으면
잠이 오지 않았다
오늘은 왜 불러내지 않나
공포에 떨다가 잠이 들면
그들은 어김없이 그를 깨웠다
울 수도 없었다
너무나 무섭고 서러워 울려고 하면
크고 거칠은 손이 입을 막았고

입 막은 손을 놓기도 전에
그들은 그를 때렸다
아무 이유도 없었다
그는 정말 아무것도 몰랐다

깽깽이가 무엇인지
라도시계가 무엇인지
니쿠사쿠가 무엇인지
따블빽이 무엇인지
하와이가 무엇인지
보따리가 무엇인지……

상류에선 맑게 흘러온 시냇물이었지만
점점 피멍이 들기 시작했다
그때 그의 나이 열다섯이었다

주인집 개

개는 어둠을 지킨다
추호의 빈틈이 없다
바람의 하복부 위를 구르는 가랑잎 하나,
놓치지 않는다
대낮의 개들은 잠을 자거나 거리를 헤맨다
작은 뼈다귀를 던져줘도 금방 침을 흘리는 개새끼
들,
그런 개일수록 밤에는 빈틈이 없다
어둠이 가장 깊은 어둠일 때
개들의 눈은 빛난다
이빨을 으르렁댄다
사정없이 짖고 물어뜯는다
그 혈기방장, 오만무도, 분기탱천의 기개
채 십 년도 못 버텨 털 빠지고 뱃가죽 늘어져
사철탕 집에 도착한 뒤에야
고분고분해지는 개, 개자식들

사투리가 무섭다

1

하루 한 번씩
일석점호 취하기 전
작은 사투리들은 행정반 옥상에 집합을 해야만
하루 일과가 끝이 났다
신병교육대대 고참들 중에는
태권도 사회 유단자가 많았다
사투리가 무서웠다

약한 사투리는 에티오피아 잠비아 태생이었고
강한 사투리는 앵글로 색슨족이었다
맞는 사람은 유태인이었고
때리는 사람은 게르만족이었다
우리들은 뿔 달린 도깨비였고
그들은 어사또 박문수였다
약한 사람은 귀화한 한국인 2세였고

화끈한 사람은 신군국주의자 일본인이었다
그들은 대일본 천황의 군대였고
우리들은 나이 어린 정신대였다
어린 사투리들은
씹 주고 빰 맞고 화대까지 뺏겼다

맞장을 뜨자면
어느 누구에게도 지지 않을 울울청년이 되었지만
우리들은 이등병이었다
정말 아무것도 몰랐다

사투리가 무서웠다

2

어떤 사람과 이야기하다 보면
사투리를 숨기고 표준말로

이야기하려고 애쓰는 사람이 있다

또 어떤 부류의 사람을 만나다 보면
당당하게 사투리를 강조해서
이야기하는 사람이 있다

숨기는 사람의 가슴속에 들어 있는 공포나
드러내는 사람의 광기를 들여다보면
겁이 난다
사투리가 무섭다

開　　眼

새벽, 아주 느리게 그는 온다

풀벌레 소리를 파묻고

개 짖는 소리를 꿀꺽 삼켰어

냉큼 틀어막았지 자동차 불빛을

취객들의 유행가를 검문하던걸

한 치 오차도 없이 흘러가는 시계초침은 사정없이
망가뜨려부러

청정하게 울리는 산사의 종소리를 훔쳤지비

청소부 아저씨들의 빗자루를 깔아뭉갰쓥

신문 배달하는 소년의 자전거를 박살냈으며

늦게까지 깨어 있는 시인의 원고지를 찢었다지

아내의 이부자리를 사정없이 걷어찼습죠 네네

눈을 뒤집어 까며 허옇게 거품을 문 물고기들은 어
디로 갔는동

가끔씩 의문의 주검이 떠오를 땐 목화송이 같은 이
불을 줘유

자 축축한 삼단케잌 부드러워요 신문활자를 곱게 반

죽해서

　텔레비전은 폭설주의보에서 더 아름답게 폭설경보로
대체

　춤과 풍물과 노래는 어느 안전이라고 감히

　얼굴이 노랗게 익을 때까지 목을 졸라 은행나무는

　풀은 밟을수록 더욱더 강해지지 나뭇잎은 떨어지는
즉시 싹 쓸어버려

　예측불허, 돌발사태, 원천봉쇄……, 잘한다!　우리
것은 좋은 것이여

　안개가 사라진 대낮에도 그 도시에선

　하루종일 하수도 썩는 냄새가 진동했다

불침번 필요없음

우리 주인집 아저씨는
밤 열두시 가까이에(특히 여름에!)
소리없이 우리 방 창 앞에 서 있곤 한다
(나는 그가 소리 죽여 계단을 오르는 소리를 금방
눈치챈다)
분재에 물을 주는 척한다
(밤에 분재에 물을 주는 사람은 처음 본다)
가끔씩 양치질도 한다
나는 왜 그 더러운 개가
아래층 그의 목욕탕을 놔두고
우리 방 앞에서 양치질을 하는지 이해할 수 없다
(그것도 잠옷 바람으로!!)
한번은 전지가위로
우리 유선방송 선을 자른 적도 있다
오물 수거료는 한 푼도 내지 않으면서
버젓이 재래식 변소를 이용하는 치사한 자식!
(어떻게 똥보다 더러운 개하고 똥 이야기를 할 수

있는가 !!!)

　　자기 방 옆의 수세식 화장실은

　　유물로 자자손손 대물림하려는 것인지……

　　서른이 훨씬 넘은 이 나이에 나는

　　처음으로 세 사는 사람들의 서러움을 같이 나눈다

　　아암, 이해하고말고

　　백 번, 천 번, 만 번이라도 나누어 가지고말고

지독한 상처

(왜 모든 나무와 풀은 초록색인가
병신같이 초록으로만 물이 오르는가
왜 ××당처럼 빨갛게 피어나지 않는가
○○당처럼 노랗게 펄럭이지 않는가
회색 검은색 나뭇잎은 어디에 있는가
저렇게 일사불란한, 그러나 설익은 밥처럼 푸슬푸슬
단 한 차례도 가슴을 열지 않는 사람들,
돌덩이 같은, 쓸쓸한 나무와 풀잎들)

내 너에게 막무가내로 매달려
만수산 드렁칡이 아니고
백골이 진토될 때까지
오직 완벽한 흉터로 남아……

전 라 도

내 아픔이고
　절망이고
　고통이고
　부끄러움이고
　울음이고
　한이고
　증오이고
　사랑이고
　끝끝내
　치유할 수 없는 상처이고

제 5 부

구   토

이 풍진세상 만나 억병으로 들이켠 말씀
원고지에 내뿜었네
말은 비명을 지르며 날아가 꽂혔어
피를 뚝뚝 흘렸지 독이 오른 모양이네
말씀이란 자신을 날려보내는 혀와 입,
내장까지 이끌고 갈 수 있을까
타다 남은 애간장덩어리도 아닌
칭칭 동여맨 몸뚱어리도 아닌
다만 홀로 흐르는 것이 아닐까
더위먹듯 여름마다 찾아오는 말의 무좀이여
아픔과 쾌감이 동시에 밀려오는 말의 치질이여
얼마나 참고 또 참아야 이 치밀어오는 욕지기를

오지 않겠다면
내가 먼저 달려가겠다

매 운 탕

도시는 거대한 솥,
펄펄 끓는다
반짝이며 수없이 떠오르는 고기떼들
썩은 고기들의 끝없는 악취
그래도 매운탕엔 향기가 나야 제맛이지
깻잎과 미나리와 쑥갓을 듬뿍 넣고
소주 한잔 카아악 !

어디에선가 무지막지한 큰 손이
자꾸만 장작을 가져와 불을 지핀다

전철에서

각기 다르면서도 똑같은
기성복들이 쭈욱 걸려 있구먼

주인은 마음에 드는 옷들을
갈아타는 역에서 팔고
새로운 상품을 들여놓았네

들어오고 팔려나가면서 그들은
점점 고물이 되었다네
—— 안내 말씀 드리겠습니다. 다음 정차역은 이 열
차의 종착역인 하늘, 하늘 나라입니다. 승객 여러분께
서는 혹시 잊으신 물건이 없나 다시 한번 확인하시고
......

헤르만 헤세를 좋아하는
어느 노인께

물의 속성은 부드럽게 노래할 줄 아는 힘이다 그러나,
물이 얼면 말이 막히고
말이 막히면 사람이 썩는 法!
똥덩어리와 머리카락과 온갖 잡때들이
함께 뒤엉켜 한사코 하수관의 목을 비트는,
곧 숨이 막혀 터질 것 같은, 아슬아슬한,
(얼음이 어떻게 풀림을 피할 수 있을까)
1991년도 서울 변두리, 혹은 어느 중심부에서 바라
본 오늘의 세계!

벽을 헐지 않고도 고칠 수 있는 최신식 설비로
여러분들 막힌 하수도(단호하게! 엄정하게!)
뚫어줍니다
뻥! 뻥! 쾅! 탕──억!
뚫어줍니다

명창 이성복 선생님께

세상 모든 참말은 울음입니다

세상 어느 곳이든지 바다 끝까지 흐르고도 모자라는
슬픔이 있습니다 골짜기마다 뼛가루 쌓여 녹을 줄 모
르고 가없는 울음소리는 땅속 깊숙이 뿌리를 내리고
무덤 낮은 곳으로 스며듭니다 작은 울음들이 모여 더
큰 울음으로 건너가는 낮고 어두운 출구, 그곳에 고개
숙인 당신의 뒷모습이 언뜻 보입니다

문고리가 쩍쩍 달라붙는 겨울날이었습니다

추신; 겨울 서해바다를 꼭 보셨으면

미아리 눈물고개

　새벽 하늘에 도살장으로 끌려가는 짐승들의 비명소리 드높습니다 모두들 아파할 때 배불리 먹는 자는 죄 짓지 않습니다 그 길도 당신이 허락하신 길이었기에 내 몸 속 살과 피, 뜨겁게 문드러집니다 이 피고름 봇물 되어 터지는 날, 마른 삭정이로 다시 일어설 수 있을까요 길목과 길목에 깊고 어두운 허방을 파놓으신, 넘어가려면 점점 더 깊이 빠지는

보옴나알은 가아안다

    살얼음 녹고 겨울 쩡쩡 물러나 앉아도 길, 좀처럼 허락하지 않습니다 악착같이 달라붙는 진흙, 작대기로 툭툭 걷어차며 아버지 저기 오십니다 삶은 고구마로 점심 때우시고 해설픈 저녁길 가시 나뭇짐 흔들거립니다 마른짚 섬처럼 떠 있는 쇠죽솥, 맹물 그득 붓고 군불 피웁니다 허망 연기보다 더 넓게 퍼진 구들장, 그 위에 차례로 가솔들을 눕히고 코 시린 천장을 쳐다보면, 칡죽과 보리개떡의 봄이 또 한세월 길을 재촉합니다

흘러간 그 옛날에 내 님을 싣고

타이어가 악착같이 아스팔트를 물어뜯고 놓아주지
않듯

나도 한사코 그대를 끌어안고 걸어갑니다

살 얼어붙은 피얼음 길,

유릿가루 눈처럼 쌓여 있습니다

유리 끝에 얼어붙은 눈 위로

맨발로 걸어가는 당신,

스스로 못박히지 않는 한

살눈, 피얼음의 길은 끝나지 않겠지요

유릿가루 눈처럼 쌓여 있는 새벽 겨울길,

눈물 핏물 꽃처럼 피어난 겨울 새벽길,

아스팔트 악착같이 타이어를 부여잡고 달려갑니다

무서운 손님

잔치에 오셨으니
많이 많이 드셔요
이것은 머리탕
저것은 갈비찜
요것은 곱창전골
저기 저것은 삼겹살
여기 이것은 꼬리곰탕
요기 요것은 왕족발

당신이 땀 흘리며 잡수시는 머리탕은
35년 곪은 내 머리
당신이 맛나게 처먹는 갈비찜은
35년 온갖 비바람에 금이 간 내 갈비
당신 팔 걷어붙이고 드시는 곱창전골은
35년(?) 값싼 술로 녹아버린 내 내장
………

많이 많이 드셔요
잔치에 오셨으니
머리카락은 면이 좀 질긴 편인데
말아 드릴까요
비벼 드릴까요

초대하지 않았는데 이렇게 먼 길 오셨으니
식기 전에 많이 많이 드셔요
시간 하눌님
세월 부처님

폭 풍 우

오오, 광포한 성욕이여!
정액에 피가 섞여 나올 때까지
수음을 하고서도 흙탕물과 함께
종아리를 거쳐 허연 허벅지로 기어오르는
저, 저놈의 징그러운 거머리떼를……

제 6 부

전 포 동

태풍이 지나간 그해 여름
우린 늘 수제비를 먹었다
큰형은 워카를 신고 휘파람을 불며
돌아다니다가 포항 근처 어느 노가다판
십장이 되었다고 했다
전포국민학교 5학년을 다니다 그만둔
작은형은 태화극장 뒷골목에서
하루종일 껌종이를 주워 팔았다
누나와 나는 눈깔사탕 붕어빵 주위를 맴돌다
생각없이 부전시장이나 서면시장을 기웃거리며
삼교대 근무에 들어간 어머닐 기다렸다
동네 조무래기들과 팔이 아프도록
딱지를 치다 싫증이 나면 전차를 타고
종점에서 종점까지 갔다가 오기도 했다
신진공업사 후문으로 달빛이 스며들고
어머니 몸뻬자락은 언제쯤 보일는지
아직 도크시설이 안된 제일 부두

먼 뱃고동 소리를 들으면서
길고 긴 허기의 잠에 빠져들었다

1965년 여름, 다리골

수상한 날들이 계속되었다 때이른 감꽃이 떨어져 쌓인 뒷간을 오가면서 몽달귀신, 달걀귀신 생각이 나게 했던 엄나무 가시도 꺼칠한 눈으로 가끔 부엉이가 우는 산마루를 올려다보았다 언제부턴가 보리죽을 갈던 확독 자리가 텅 비어 노랗게 부황든 누이의 얼굴에는 지날 때마다 약쑥 타는 냄새가 났다 개구리들도 울지 않는 날들이 계속되었다 한꺼번에 너무 많은 햇볕을 마셔버린 풀들은 터무니없이 머리만 자라고 뿌리는 뼈가 튀어나오기 시작했다 신작로를 따라 폴폴 먼지를 뒤집어쓴 아이들이 학교에서 돌아오고 몇번 짖다가 제풀에 지쳐 잠든 개의 꿈속에서도 두레박은 턱턱 무릎이 깨졌다 왼종일 마른기침으로 핏빛 해거름을 맞이한 시냇물의 이마 위로 심심하면 떨어지던 미루나무 잔이파리들……

달이 떠오른다 노을이 사위기도 전에 산짐승들 굴속으로 낮게 엎드리고 쇠죽솥에서 마지막으로 보낸 연기가 마악 굴뚝을 넘어 수렁골 쪽으로 고개를 숙일 때, 조금씩 토실해지는 불알을 만지작거리다 잠든 내 머리맡에 어머니의 한숨처럼 넓게 퍼진 달무리를 이끌면서, 붉은 달이 떠오른다 물꼬를 보러 간 아버지는 늦도록 오지 않았고 멀리 들리는 수선스런 발자국 소리, 땡감나무 사이를 스치는 바람소리…… 호로롱 산새가 울었다 아니 잠 못 든 개구리 울음 같기도 했다 첫 이슬이 맺힐 때까지 쌍정지 너른 들판의 벼포기들 수없이 몸을 뒤척이고 북치재 너머로 별똥별 하나가 안타깝게 떨어지고 있었다

정원수를 손질하다

하느님,
진정으로 저를 사랑하신다면
저는 하느님 정원에 향나무가 되고 싶어요
사철 변하지 않고 영원히 떨어져서 썩지 않는
상록수가 되고 싶어요
뿌리까지는 나누지 못해도
온전하게 썩어 흐르지는 못해도
한때 살아 있었다는 고마움으로
노래하고 싶어요
허락하지 않은 가지 끝에서도
연초록 잎을 피우고 싶어요
요즈음 들어서 갑자기 눈이 나빠지고
기력이 없으신 하느님
청단풍나무 그늘에 와서 푹 주무세요 아니면
저를 폭 고아 드시던가 대추와 마늘을 넣고 말입니다
힘 좀 내세요 하느님!

열매가 열리지 않으면 제가 대신
매달려 익어가겠습니다
늙어 꼬부라진 우리 시대의 하느님

훈련을 받으면서

독립투사도 되지 못한 사람들이
부스스 옷을 털고 나왔다
너무나 큰 목소리가 많은 세상에서
홀로 서지도 비우지도 못한 나는
개인호를 파고 방호벽을 쌓았다
사십여 년을 한결같이
디스크를 앓아온 광주산맥 허리 근처에
튼튼하게 진지를 구축했다

89독수리훈련 ! 팔당수원지는
시민의생명수를생산하는국가중요기관임
완벽하게경계근무에임하여침입하는적을
일격에섬멸할것이상 !

새벽 두시가 넘었다
토박이들은 수근수근 술추렴을 벌이고
나는 무성한 숲을 향해

항상 뜨내기인 나를 향해
노리쇠를 밀었다 정조준했다
좌로 1크리크, 우로……

새벽나무

이른 아침 산에 오르다 보면
쓸쓸하게 꽂혀 있는 지상의 나무들

일생 동안 좁은 공간에서
단순한 동작을 되풀이하다가
슬프게 말라 죽는 나무들, 사람들

때가 되면 이파리를 달고 꽃을 피우고
때가 되면 가지를 떨어뜨리고 말라 죽는

낯선 땅속에 숙연히 꽂혀
눈과 비의 매를 맞는
빛의 칼날에 피 흘리는
바람의 고문을 견디어내는

고집불통의 슬픈 나무들, 사람들

상 수 도

남한강 한가운데
말뚝 하나 쾅쾅 박아놓고
산그림자로 던져진
후삼국 시대의 흥망성쇠를 생각해보았다
강물은 내 잘못이 아니라고
내 죄는 아니라고 울면서 흘러가고
파도는 월미도 쪽으로 길게 등을 구부렸다
사람이 나무보다 못할 때가 많다
오늘 우리 물푸레나무는 우리 박달나무는
다아 어디로 갔을까
이놈들 불러다 칭칭 동여매놓고
상처 아물기나 기다려볼까 아니면
내가 대신 꽁꽁 묶인 다음
세월 흐르는 거나 바라볼까
눈빛만 살아 있다면
눈빛만 살아 있다면

하 수 도

흙은 썩지 않아요
비가 내리길 기다려 거름을 섞은 뒤
오랫동안 비닐을 덮어두어도
스스로 가라앉지 않아요 끝까지
돌과 뿌리와 함께 모여 살아요
흙발이 좋지 않은 곳에서
뿌리는 더욱 튼튼하게 자리를 잡고
싱싱하게 물이 올라요
그렇게도 많은 잎들이
상처입은 하나의 열매를 위해
소리없이 떨어져간 이 땅 위에서
아직도 큰 목소리가 남아 있는 것은
우리 모두가 진실하게 흐르지 못한 탓입니다
이제야 조금씩 보여요
분명 건너야 할 강의 거대한 침묵이
아니, 벌써 상류까지 거슬러올라가
은빛 물살로 다시 태어나고 있는

금수강산의 아픈 하수구가

그 먹빛 눈매들이 환하게 웃고 있어요

아내에게

그대 바느질하네
터진 내 상처 꿰매네

그대 단추 달아주네
함부로 내보인 무분별한 아랫도리 단속하네
느슨하게 풀어논 내 의식 바로잡네

그대 다림질하네
거친 삶 걸어온 내 주름진 발자국
곧게 곧게 펴주네

그대 빨래를 하네
겹겹이 찌든 내 몸 속의 때
그대 순백의 향기로 표백해주네
향기 속에서 가볍게 날아오르게 하네

그대 밥을 하네

그대 맑은 피와 살을 섞어 찌개를 끓이네
먹어도 먹어도 배고픈 결핍의 서른살,
고봉밥 퍼주네 사랑의 고봉밥 흘러 넘치네
그대 밥무덤 속에 영원히 갇히고 싶네

개

겨울, 밤나무 가지에
개가 매달렸다
파랗게 눈을 부릅뜰 법도 한데
소리도 없이
몇번 허공을 향해
앞발을 버둥대다가
축 늘어졌다
그가 마지막으로 바라본 하늘,
죽을 힘으로 떠올린 고향집과 늙은 어미의 눈동자,
그가 마지막으로 버티고 싶었던
마른풀 위에
뜨거운 배설물과 눈물방울을
떨어뜨렸다
죄없는 혀만 깨물었다
잠시 뒤 늙은 개 두 마리가
히히덕거리며 다가와
짚단을 꼬리쯤에 쌓아놓고
불을 피우기 시작했다

세상에 못박힌 자의 짐과 꿈

임　　홍　　배

1

　필자는 유용주 시인과 일면식도 없는 처지이므로 '발문'
을 쓰기에는 아무래도 자격 미달이다. 시에서 드러나는 시
인의 이력을 거칠게나마 재구성해보면, 시인 유용주는 빈
농 집안에서 태어나 일찍 고향을 등지고 어린 시절부터 제
과점 점원 등으로 전전하면서 모진 고생을 겪었으며, 지금
은 건축공사장의 목수로 일하는 사람이다. 그러나 시인의
삶에 대한 이런저런 짐작이 군더더기의 추념에 지나지 않
음을 유용주의 시는 육성으로 들려준다. 그의 시에는 그가
수행하는 나날의 노동처럼 고된 삶의 흔적이 역력한 까닭
이다. 모름지기 시인의 삶과 그의 시를 떼어놓고 생각하는
것부터가 어불성설일 테지만, 유용주의 경우에도 그 점은
예외가 아니다. "히 루 한 편, ╱온몸으로 시를 쓰는"(「가장
큰 목수」) '일당 사만 오천원'의 노동이 바로 그의 시요 삶
인 것이다. 그렇다고 그의 시들이 자신의 노동체험에 소박
하게 충실한 것만은 아니다. 땀흘리는 삶의 건강함이 곧

시의 힘이 되는 것은 그에게도 빼놓을 수 없는 미덕이요 시의 원천인 것은 분명하다. 그러나 그 미덕이 시적 완성에 이르는 경로가 시인마다 작품마다 한결같지 않은 것도 주지의 사실이다. 그것은 예컨대 건강한 노동의 아름다움을 그대로 힘있게 드러내는 차원에 자리잡기도 하며, 혹은 일찍이 80년대의 노동시들이 그러했듯이, 현실의 변혁을 향한 집단적 열망으로 수렴되기도 한다.

그러나 유용주의 시들을 미리 그런 유형으로 일반화시키고 나면 시인에게 훈장이 될지언정 그의 시에 부합하는 접근은 아닐 듯하다. 물론 그의 시 역시 우리에게 친숙한 노동시의 지향과 전혀 무관하달 수는 없으나, 필자가 보기에 그의 시에서 그것은 어디까지나 외연의 위치를 차지할 뿐이다. 그럼에도 유용주의 시에는 시인의 삶과 시가 한몸으로 일치하기까지의 긴장이 꿈틀거린다. 그 긴장을 떠받치는 힘은 과연 어디에서 오는가? 미리 밝히자면 그것은 무엇보다 세상과 좀처럼 화해하지 못하는, 다름 아닌 자기 자신과의 고투에서 비롯되는 것으로 보인다.

　　　잠 속에서도 시 쓰는 일보다
　　　등짐 지는 모습이 더 많아
　　　밤새 꿈이 끙끙 앓는다
　　　어제는 의료원 영안실에서 세 구의 시체가
　　　통곡 속에 실려 나갔고
　　　산부인과에선 다섯 명의 아기가
　　　태어났다
　　　햇발 많이 받고 잎이 넓어지는 만큼
　　　생의 그늘은 깊어만 가는데

일생 동안 목수들이 져 나른 목재는,
삶의 무게는 얼마나 될까
겨우 자기 키만한 나무를 짊어지는 것으로
그들의 노동은 싱겁게 끝나고 만다
숨이 끊어진 뒤에도 관을 짊어지고 가는 목수들,
어깨가 약간 뒤틀어진 사람들
───「가장 가벼운 짐」 전문

　우리는 표제작인 위 시의 제목이 '가장 가벼운 짐'이라는
사실에 우선 주목하게 된다. 아무리 '가벼운' 삶일지라도
스스로 자신의 삶이 가볍다고 말하긴 쉽지 않다. 그리고
하찮게 보이는 것의 소중함, 혹은 가볍게 보이는 것의 무
거움을 일깨우는 것이야말로 문학이 수행하는 중요한 몫의
하나임을 우리는 익히 배워온 터이다. 하물며 "일생 동안
목수들이 져 나른 목재"의 무게에 해당하는 삶의 무게를
감히 '가장 가벼운 짐'에 빗대기란 더더욱 쉬운 일이 아니
다. 문맥을 무시하고 액면 그대로 읽으면 거기에는 "겨우
자기 키만한 나무를 짊어지는 것으로／그들의 노동은 싱겁
게 끝나고 만다"는 덧없음에 대한 통찰이 작용하고 있는지
도 모른다. 그렇게만 보면 '신생'과 '사멸'의 반복인 저 덧
없는 순환의 굴레에서 자유로운 삶이 없다는 것은 지당하
다. 마찬가지로 세상에서 '가장 무거운 짐'을 진 자의 삶이
라 해서 특별할 까닭이 없다.
　그러나 자세히 살펴보면 위의 시는 범속한 삶의 논리에
기댄 숙명론적 체념이나 섣부른 달관의 제스처와는 정반대
의 것을 말하고 있다. 오히려 "잠 속에서도 시 쓰는 일보
다／등짐 지는 모습이 더 많아／밤새 꿈이 끙끙 앓는다"고

할 만큼 힘겨운 나날을 감당해야 하는 시인에게 성장 혹은 삶의 완성에 이르는 길은 늘 그만큼의 고통을 감내하는 과정의 연속일 따름인 것이다("햇발 많이 받고 잎이 넓어지는 만큼／생의 그늘은 깊어만 가는데"). 또한 그것은 오직 하루하루의 노동을 통해서만 자기 존재를 확인할 수 있고 세상의 다른 어떤 것에도 의지하지 못하는 삶을 살아가는 사람이 자신에게 주어진 삶을 긍정할 수 있는, 그리하여 스스로 삶의 주체임을 자각하게 되는 유일한 가능성이다. 자신의 노동을 통해 이미 세상에 못박힌 자의 짐인 동시에 꿈인 것이다.

이렇듯 비감하고도 순일한 자기인식의 깊은 바닥에서 시인은 '가장 무거운' 삶을 비로소 '가장 가벼운' 삶으로 껴안게 된다. 따라서 한평생 뼈빠지게 일해도 "겨우 자기 키만한 나무를 짊어지는 것으로／그들의 노동은 싱겁게 끝나고 만다"고 자신의 삶을 담담하게 대상화시켜 바라볼 줄 아는 예의 넉넉함은 허투른 덕담의 여유와 전혀 무관하다. 그것은 "목숨이 끊어진 뒤에도 관을 짊어지고 가는" '목수들'의 절박한 삶의 현장을 혼신으로 버텨낸 절정의 순간에 내지르는 탄성 같은 것이며, 또한 거기에는 "부드러운 것이 강하다／자신이 가루가 될 때까지 철저하게／부서져본 사람만이 그것을 안다"(「시멘트」)고 할 때의 숨죽인 긴장이 서려 있다. 바로 여기서 목수 유용주의 삶과 시인 유용주의 시가 행복하게 만난다.

2

달리 말하면 시인은 '자신이 가루가 될 때까지 철저하게

부서지기'란 또 얼마나 지난한 노릇인가를 진술하고 있는
셈이다. 한 개인의 일생을 통틀어 세상과 자아의 참된 일
치를 체험하는 순간이 흔치는 않을 것이다. 삶에 대한 맹
목의 집착이나 '지금 이곳'의 고통을 모면하려는 헛된 욕망
으로 인해 겸허한 자기인식은 나날의 일상에서 끊임없이
지체되게 마련이다. 그럴 때 자아는 더이상 세상을 버티는
지렛대가 아니라 말 그대로 존재의 감옥이 된다. 시인은
이 점을 굳이 숨기려 하지 않는다. 다음의 시들에서 보듯
이 그것은 때로는 자신을 가누기 힘들 정도의 중증의 질병
으로, 또 때로는 지독한 모멸감으로 자각되기도 한다.

> 내 몸 속엔 얼마나 뜨거운 불길이 있길래
> 이렇게 바짝바짝 타는 것일까
> 온몸이 쩍쩍 갈라 터지는 것일까
> ──「重症患者」 부분

> 소박한 꿈밖엔 아무것도 가진 게 없는
> 내 삶 앞에
> 이렇게 온 힘을 다해 낑낑거려도
> 끝내 털어버릴 수 없는 더럽고 치사한
> 욕망, 개 같은……
> ──「뒷간, 혹은 사면초가」 부분

   유용수의 시 전편을 살펴보면, 시인 자신이 시의 전면에
나서면서 시적 자아의 자기통제가 흐트러진 시들에서는 이
렇듯 거친 호흡이 곧잘 눈에 띈다. 이것이 단순히 시적 어
법이나 어조의 문제만이 아님은 물론이다. 세상에 대한 요

구와 삶의 무게가 정당한 균형을 이루지 못할 때 "온몸이 쩍쩍 갈라 터지는" 존재의 균열을 체험하는 것은 당연하다. 그런 상태에서는 나날의 노동인 '못질'조차 "연결을 위한 직행노선"인 동시에 "그대를 향한 집중파탄"(「못」)인 딜레마에 빠지게 된다. 그리하여 "물 속의 불기둥 맹렬하게 솟구치고/불 속의 물이랑 대책없이 범람하고/상승하강상승하강……"하는 단속적인 삶의 호흡, 그 끝모를 악순환의 늪에서는 금방 세상을 녹일 것 같던 격정도 어느덧 싸늘한 환멸감으로 ── "불기둥이여/물이랑이여/내가 덮은 봄이불이 너무 무겁구나" ── 식어버리고 만다(「重症患者」). 격정과 환멸 사이의 거리는 의외로 짧다. 그리고 그 가파른 틈새에서 불거지는 꿈은 「가장 가벼운 짐」의 부드러운 강인함을 잃고 웬지 공허하고 낯설게 ── "뜨거운 몸의 불로 알맞게 뎁혀주는/컴퓨터가 내장된 자동제어 장치는 없는가" ── 느껴진다. 유용주의 시에서 때때로 돌출하는 거친 호흡은 이렇듯 삶과 자기 자신에 대한 모순된 감정의 여과없는 노출로 떨어지는 경우가 많다.

3

유용주의 시들은 바로 앞에서 살펴본 혼돈을 헤쳐가는 운동 속에 있다. 거듭 말하지만 그에게 있어 자신의 삶을, 그리고 자기 자신을 다스리는 정진의 과정과 시적 사유의 정진은 불가분의 관계에 놓여 있다. 「목수는 흔적을 남기지 않는다」 같은 시들은 진정한 장인정신과 진실된 삶의 일치를 제재로 삼은 수작이거니와, 자신에게 주어진 삶의 자리에 당당하게, 또한 겸허하게 마주설 때 양자는 진정한

합일에 도달할 것이다.

> 다 짓고 난 건물을 쳐다보아라
> 목수의 흔적은 거의 없다
> 뼈를 감싸고 도는 살의
> 강건한 근육만 무겁게 빛날 뿐,
> 좋은 목수는 흔적을 남기지 않는다
> 커다란 나무의 여백만이 홀로 남아
> 쓸쓸한 바람을 부풀리고 있을 뿐
> ──「목수는 흔적을 남기지 않는다」 부분

'가장 무거운 짐'을 '가장 가벼운 짐'으로 받아들이는 정점의 순간들이 아니더라도 삶은 늘 그러한 가능성을 향해 열려 있게 마련이다. 삶의 사소한 단면에서도 그것을 발견할 줄 아는 안목 역시 세상살이의 긴요한 덕목임에 틀림없다. "품파는 데 자신없는 사람이／포옴을 먼저 팔려고 든다"(「막노동을 하고 싶다는 후배에게」) 충고도 듣기에 따라서는 열심히 일하라는 설교 이상도 이하도 아니겠으나, 품파는 일이라면 괜히 쑥스러워하고 꼬리부터 감추는 부류의 사람들에겐 평생을 바쳐도 깨우치기 힘든 경지인 것도 사실이다. 「태양은 묘지 위에 붉게 떠오르고」「긴 하루 지나고」 같은 시편에서는 '중증환자'의 열병을 가라앉히며 다시 건강한 땀방울이 도는 삶의 현장으로 복귀하는 담담한 일상의 정경과 시인의 내면이 아름답게 그려져 있다.

> 저녁 어스름 산을 내려오다 보면
> 화사하게 날아오르려던 지상의 나무들

모두 날개 접고 집으로 돌아간다

팔뚝에 힘줄 불끈불끈 푸르렀던 시절
바람을 향해
뜬구름을 향해
먼 하늘을 향해
무수하게 헛손질만 해대더니

더는 속을 수 없다는 듯
흙 속으로 스며드는구나
발을 뻗어
잔돌과 굼벵이의 몸을 다독거리는구나

낯선 땅 속에서도 싱싱하게 뿌리를 키워
허벅지에 피멍 드는 줄도 모르고
　　　　　　　　　　　——「긴 하루 지나고」 부분

　"낯선 땅에서도 싱싱하게 뿌리를 키"우는 생명력은 아마
도 시인이 거친 세상을 살아오면서 흘린 눈물과 땀방울의
결정일 터이며, 또한 "몇년째 차도 없이 입원해 있는 셋째
아들 사팔뜨기 순심이 배다른 돌멩이들과 이름 모를 들꽃
한무리까지 모두 한가슴에 품고 있"는, 그러면서 "어느 것
하나 마다않고 바다 쪽으로 아프게 아프게 흘러가는 어머
니 우리 어머니——"의 넓고 깊은 사랑에서 샘솟는 것일
터이다.

　　보이지 않는 곳에서 눈물 흘립니다 모든 것 다아 받아

들여 안으로 삭히고 있습니다 말없이 고개를 끄덕입니다
어느 것 하나 뿌리치지 못한 깊고 잔잔한 눈매입니다 몇
년째 차도 없이 입원해 있는 셋째아들 사팔뜨기 순심이
배다른 돌멩이들과 이름 모를 들꽃 한무리까지 모두 한
가슴에 품고 있습니다 아직 눈도 덜 뜬 여린 비 강아지
들 성급하게 내려와 떨고 있던 첫눈 새끼들 맨살 드러낸
찰흙 덩어리 가랑잎 같은 사람의 집들 모두모두 잠이 듭
니다 문득 그가 선잠을 깨고 이불 한번 끌어다 덮어줄
때 하늘에 별떨기 곱게 떠오릅니다 주름살 골짜기마다
얼음살 꽝꽝 달라붙고 눈꽃처럼 새치 늘어날 때 그저 막
막하게 차오르는 안개 알맹이 속에서도 앓는 물고기 몇
번 몸을 뒤척입니다 등 구부러진 늦은 저녁의 귀갓길을
지키는 이 땅의 푸른 나무들, 불쑥불쑥 힘이 솟고 무거
운 곱돌 덩어리 탄력받아 흔들립니다 어느 것 하나 마다
않고 바다 쪽으로 아프게 아프게 흘러가는 어머니 우리
어머니 ──

──「강」 전문

세상을 버텨가는 시인의 짐이 무거울수록 그의 꿈이, 그
의 시가 더욱 깊고 넓어지길 바라 마지않는다.

후   기

아직도 이렇게 소소한 일에 이끌려 자주는 아니고 아주 가끔 문학판에서 시를 쓰고 소설을 쓰는 사람들과 만나 차나 술을 마실 때가 있는데, 초면에 할 말이 없는 사람들이 늘 예사롭게 물어보는 말씀, 고향이 어디인가? 네, 전북 장수입니다. 장수(長壽)마을?? 장수(長水)를 모르다니! 금강의 젖꼭지이자 장안산 팔공산 덕유산의 배꼽인 장수를 모르다니! 논개가 태어난 곳 그것보다는, 그 으뜸 유명한 작가 박상륭의 자궁인 장수를 모르다니! (눈물의 시인 박용래 선생의 고함소리가 번개천둥으로 쏟아지는데……)

고향은 전통의 또다른 이름일 터이며, 시는 모든 예술의 영원한 고향이라고 고집스럽게 믿고 있습니다.

많은 사람들이 문민정부라고 호들갑을 떨고 있는데 시 쓰기는(살기는) 자꾸 어려워지고 90년대 문학에 대해선 말들이 많습니다. 말이 많다는 것은 불안하다는 증거인데, 철조망을 통과하는 방법에는 여러가지가 있겠지요. 저는 제가 아는 올바른 방법으로 정면통과할 작정입니다.

제6부에 실린 작품 9편은 첫 시집 『오늘의 운세』(1990)에서 뽑아 재수록하였음을 밝힙니다.

1993년 가을 서산에서
유 용 주

창비시선 117

가장 가벼운 짐

초판 1쇄 발행/1993년 10월 30일
초판 5쇄 발행/2015년 11월 24일

지은이/유용주
펴낸이/강일우
펴낸곳/(주)창비
등록/1986년 8월 5일 제85호
주소/10881 경기도 파주시 회동길 184
전화/031-955-3333
팩시밀리/영업 031-955-3399 · 편집 031-955-3400
홈페이지/www.changbi.com
전자우편/lit@changbi.com

ⓒ 유용주 1993
ISBN 978-89-364-2117-5 03810